TEO
va a casa de una amiga

timun**mas**

A la salida del colegio, Susana invita a Teo y a Clara a pasar un fin de semana en su casa.

—Espero que os portéis bien
—dice la mamá de Teo, mientras
Clara y la tía Rosa envuelven un regalo.

—¡Cuánto habéis tardado! —exclama Susana,
impaciente por la llegada de sus amigos.

Mientras Teo conoce a la abuela y a los otros
hermanos de Susana, el padre comenta a Clara:
—No despertéis al bebé.

De vuelta a casa, los niños
ayudan a la abuela a preparar
la cena.
—¡Esta comida es
muy diferente! —exclama
Teo, extrañado.

«Mmm... ¡Debe de estar
buenísima!», piensa Teo.

Los más pequeños se dan un baño antes de acostarse.
—No olvides lavarte los dientes —le recuerda
la abuela a Susana.

—¿Por qué no ponemos las camas juntas?
—propone Susana— Será más divertido.

Al día siguiente, desayunan en la terraza y se visten con trajes típicos.

¡Qué sorpresa se han llevado los padres
de Teo cuando han ido a recogerlos!
—¡Qué bien lo hace! —dice Teo con admiración,
observando a Susana cómo baila—. He pasado un
fin de semana muy divertido.

GUÍA DIDÁCTICA

Teo descubre el mundo es una colección de libros que pretende entretener al niño al tiempo que estimula su curiosidad y desarrolla su capacidad de observación, así como sus hábitos cotidianos y de relación. En función de la edad del niño se pueden hacer distintas lecturas. En el caso de los más pequeños la lectura será más descriptiva, nombrando los objetos y los personajes de cada ilustración, y si son un poco mayores podemos ir siguiendo el hilo de la historia. El objetivo final de esta guía es que sean capaces de relacionar lo que ven en los libros con su propio entorno, de este modo conseguiremos convertir el libro en una herramienta didáctica que sirve para disfrutar y aprender de una forma lúdica.

Teo va a casa de una amiga permite hablar de la diversidad cultural, fomentando el respeto y el interés hacia todas las costumbres y tradiciones. A través de la familia de Susana, una amiga de Teo y Clara, los lectores descubrirán que cada país tiene sus comidas típicas, y bailes y trajes tradicionales, y aprenderán a establecer relaciones con personas conocidas o de su entorno.
¡Esperamos que disfrutéis con Teo!

1 · Susana invita a Teo y a Clara:
Susana, una amiga del colegio, invita a Teo y a Clara a pasar un fin de semana en su casa. A partir de esta idea, se puede hablar de **los días de la semana**. El sábado y el domingo son los días que forman el fin de semana, y no hay colegio.
¿Crees que es fin de semana en la ilustración? ¿Qué llevan los niños en sus mochilas? ¿Por qué crees que se llevan las batas? Si vas al colegio, ¿qué días de la semana te llevas la bata a casa? ¿Cuál es el primer día de la semana?

2 · Preparándolo todo:
Teo y Clara se preparan para ir a casa de Susana. La madre de Teo le recuerda que tienen que ser educados, mientras Clara y tía Rosa envuelven un regalo de agradecimiento para su amiga. Esta ilustración permite hablar de **cómo tenemos que comportarnos cuando vamos invitados a casa de alguien**. Si en casa tenemos que portarnos bien, cuando alguien nos invita todavía debemos portarnos mejor.
¿Por qué crees que hay que portarse todavía mejor cuando alguien nos invita a su casa?

3 · Clara y Teo llegan a casa de Susana:
Cuando Teo y Clara llegan a casa de Susana, ella les está esperando impaciente. A partir de esta ilustración se puede hablar de las **sensaciones que experimentamos cuando estamos fuera de casa**. Seguro que a la mayoría de vosotros os gusta pasar unos días en casa de un amigo o de un familiar, aunque a veces es normal echar de menos a los padres.
¿Has ido alguna vez a pasar unos días a casa de un amigo o de un familiar? ¿Echaste de menos tu casa?

4 · Teo y Clara conocen a la familia de Susana:
Teo y Clara conocen a la familia de Susana. Proceden de un país muy lejano. Su piel, su pelo y sus labios… ¡son muy diferentes a los de Teo y Clara! Pero no sólo eso, ¡su manera de hablar también es distinta! Esta ilustración permite hablar de la **diversidad** y la riqueza que ésta comporta. Pero si te paras a pensarlo, ¿acaso no somos todos diferentes de alguna manera?: más altos, más bajos, con pecas o sin ellas… ¡qué bonito es ser diferente!
¿Qué crees que pasaría si todas las personas fuéramos iguales físicamente?

5 · ¡Vamos a dar un paseo!:
Como hace un día precioso, deciden pasear por el bosque. A partir de esta ilustración se puede hablar **de las estaciones del año**. Si sales a pasear por el bosque, verás que no siempre es igual. En algunas épocas del año hay más flores, bichitos y animales, mientras que en otras caen las hojas de los árboles y los pájaros no salen de sus nidos.
¿En qué estación se les acostumbran a caer las hojas a los árboles? ¿Qué estación representa que es en la ilustración?

Como hace un día precioso, han decidido ir a dar un paseo.
—Poneos todos juntos que os haré una foto —dice el padre de Susana.

Después de merendar lo recogen todo.
«¡Qué lenta va!», piensa Teo al ver salir
a una tortuga de debajo de una piedra.

Mientras los padres se quedan con los
pequeños, los mayores juegan al mini golf.
—¡Huy! Por poco entra la pelota
—se lamenta Teo.

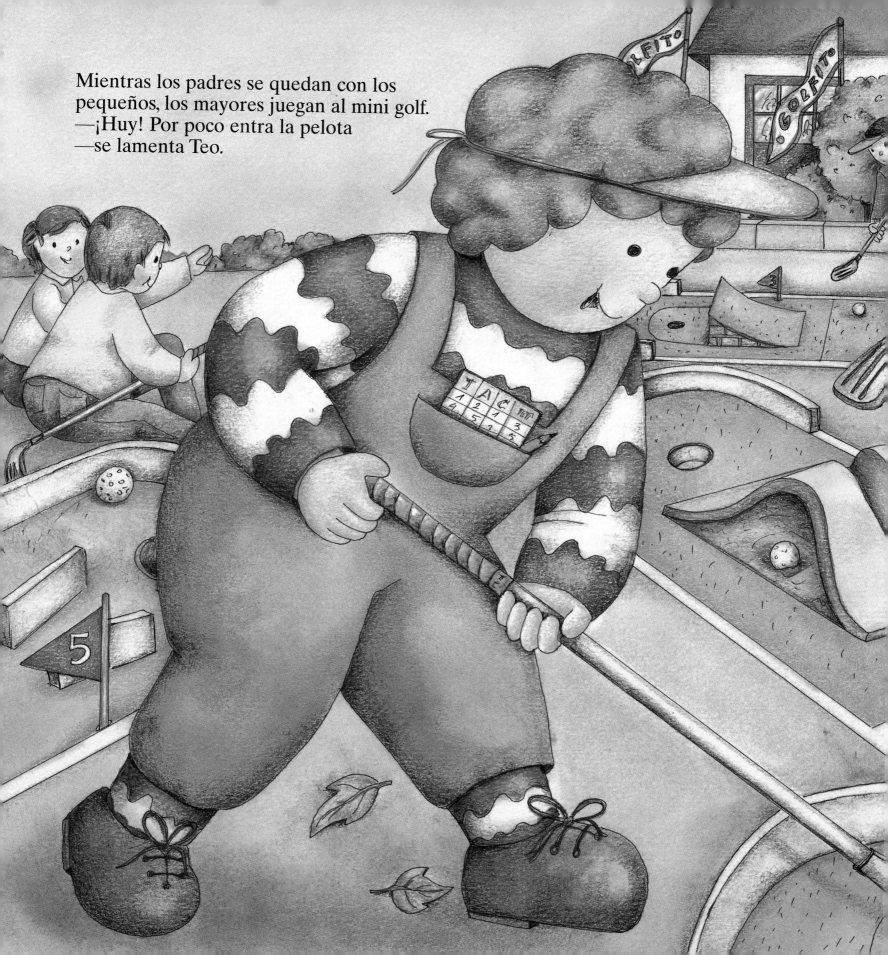